그래도 좋아

그래도 좋아

발행일	2023년 10월 30일

지은이	김남웅		
펴낸이	손형국		
펴낸곳	(주)북랩		
편집인	선일영	편집	윤용민, 배진용, 김부경, 김다빈
디자인	이현수, 김민하, 임진형, 안유경, 최성경	제작	박기성, 구성우, 이창영, 배상진
마케팅	김회란, 박진관		

출판등록 2004. 12. 1(제2012-000051호)
주소 서울특별시 금천구 가산디지털 1로 168, 우림라이온스밸리 B동 B113~114호, C동 B101호
홈페이지 www.book.co.kr

전화번호	(02)2026-5777	팩스	(02)3159-9637

ISBN 979-11-93499-32-0 03810 (종이책)   979-11-93499-33-7 05810 (전자책)

(주)북랩 성공출판의 파트너

북랩 홈페이지와 패밀리 사이트에서 다양한 출판 솔루션을 만나 보세요!

홈페이지 book.co.kr   •   **블로그** blog.naver.com/essaybook   •   **출판문의** book@book.co.kr

---

작가 연락처 문의 ▶ ask.book.co.kr

작가 연락처는 개인정보이므로 북랩에서 알려드릴 수 없습니다.

김남웅 지음

힘들어도 슬퍼도

그 래 도 좋 아

북랩

목차

그래도 좋아

키스

무덤 속 주인이 되지 못하게 한
지옥과의 키스는 언제나 달다

그래도 좋아

꽃다발

향 좋은 꽃다발
못난 꽃이 있다
골라내 버렸다
맡아도 향 않나
다시 가서 주워 와
끌어안고 울었다

무덤

포기한 마음에게는 무덤을 준다

작고 아름답고 하나뿐인 무덤이다

그렇게 못 하면

세상이 우리에게 욕먹는다

그래도 좋아

그래도 좋아

꽃

아름다운 꽃은 가시가 있지만
가장 아름다운 꽃은 꺾이지 않아
덧없이 지는 모습마저도 아름답다
그 이름은 바로 불의 꽃이다

그래도 좋아

친구

마을 주민들을 괴롭히는 식인 괴물이 있었다

어느 한 거렁뱅이가 죽이고 오겠다며 갔다

10년 뒤 마을의 잔치가 크게 열렸다

구석의 한 남자는 울고 있었다

질문의 답, 친구가 죽었다고 한다

그래도 좋아

변신

낮에는 여자 밤에는 남자가 되는 사람이 있었다

그녀의 애인이 그를 싫어해 살해했다

10년 뒤 세워진 작은 동상이 있다

울 듯 보여도 웃으려고 애쓰는 소년이다

그래도 좋아

기도

우연히 너를 위해 짧게 기도했다
괴로움을 이겨 내는 큰 힘을 받았다
힘들 때마다 너를 위해 기도한다

신발

비나 눈이 올 때 같이한
늙어서 더 늙어 가는 운동화

꿈꾸게 하는 이 빌어먹을 세상아
또다시 하나가 되게 해라

그래 그와 나의 생이란
때때로 즐거운 회색빛이다

그래도 좋아

마음

주님께서 우리를 만드실 때는 실수를 하셨지만

늙지 않는 우리 마음은 그분의 참 걸작

밤이나 낮이나 마음에 계십니다

그래도 좋아

마지막 선택

천국에 가게 된 그는 저승에 도착했다
그는 사탄의 집에 빈방이 줄어들기를 원했다
그래서 천국에 가지 않고 지옥으로 갔다

성전

사람은 주님의 성전
무너지고 불에 타고 부서진다
주님은 말씀하신다
'이곳은 나의 집이다.'
아름다운 성전이란 하나같이
무너지고 불에 타고 부서졌었다

오늘도 조용히 기다리신다

그래도 좋아

그래도 좋아

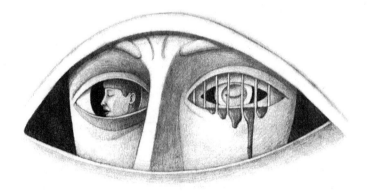

휴가

사람들의 화를 다 풀어 주고
두 눈을 다 꼭꼭 감으면요
사탄 아저씨도 휴가를 가시나요?

그래도 좋아

짝사랑

거절도 승낙도 그대의 것이 아닙니다

불꽃이 아닌 저기 저 달과 같습니다

꽃이 활짝 피면 올 꿀벌이 있습니다

또다시 조심스럽게 사라집니다

이제 곧 있으면 태양의 시간입니다

이름

이름을 부르지 마요
정한 게 아니라, 아니에요

담고 담은 것은
비밀과 비밀이에요

늘 그랬듯 어제같이
그렇게 불러 주세요

태양과 저기 저 달같이
달과 곧 오게 될 태양같이

절

깊은 산속 작은 절이 있다
주지스님께서 마당을 쓸고 계신다
법당에 내려놓고 오니 마음은 가볍다
모락모락 피어나는 보리밥 냄새와
이슬 떨어질 때 캐 온 산나물 반찬

그곳은 멀리 있지 않다

남사당패

강간당하곤 하는 광대가

하회탈 눌러쓰고 춤춘다

중모리를 중중모리로

중중모리를 자진모리로

자진모리를 휘모리로

곧 밤이 되는 게 무섭지만

절대로 절대로 멈추지 않는다

그래도 좋아

만나러 간다

서정주, 한용운, 마광수, 이상,
네 분 다 진짜 고향 집에 계신다
영생수를 버린다 아주 버린다
하루를 넘고 넘어서 만나러 간다

그래도 좋아

씨앗

날벼락도 빛이라고 떠드는 소리가
노래를 하고 하고 또 하더라도
다 탄 구두 밑 밟힌 땅의 흙 속에는
자그마한 씨앗 하나가 새근새근

그래도 좋아

사망

아름다운 눈사람은 죽었다
농사짓는 어른들은 잔치를 했다
어른들의 아이들은 엉엉 울었다
마을의 벚나무들은 얘기했다
'더 예쁜 꽃을 피워 웃게 하자.'

그래도 좋아

원수

나는 언제나 썩은 길을 걷는다
때로는 속에서 뭔가가 부활하지만
그 살해자는 언제나 네가 아니다

그래도 좋아

악수

우리를 때리고 욕한 사람과 악수합니다
고맙습니다 그리고 정말로 감사합니다
이곳이 바로 참세상이라는 곳입니다

외출

그날은 눈이 많이 오는 날이었다
엄마는 내 주머니를 꽉 잡았다
떨어지는 지폐들이 꾸깃꾸깃했다
얼마 뒤 그녀는 긴 여행을 떠났다
주머니를 모두 다 꿰매게 되었다
다시 눈이 오는 날이 오자
두 주먹을 부서질 만큼 꽉 쥐고 나갔다

서쪽 나라

서쪽 나라 해 지는 곳 도시에 가면
생각으로 마음 땅에 집 짓고
우리 마음 모아모아 마을 만들죠

서쪽 나라 해 지는 곳 도시에 가면
내가 꾸는 꿈속에 내가 태어나
아기바람 손길에 두 눈 감기고

서쪽 나라 해지는 곳 도시에 가면
품에 안겨
작게 살짝 피어올라요

그래도 좋아

그래도 좋아

도둑

나는 그에게서 뭔가를 얻길 원했으나
그는 나의 지루함을 훔쳐 달아났다
그는 바로 '시'라는 이름의 도둑이었다

그래도 좋아

비 오는 날

장대비가 내렸다
우산은 내 것 딱 하나였다
웃으며 비 맞으며 집에 왔다
나에게 뽀뽀를 못 한
몰래몰래 울은 내가 있었을 뿐

그래도 좋아

꿈

꿈 하나가 박살 났다
어른들이 신이 났다
아이에게 말을 했다
'사춘기가 끝났단다.'

그래도 좋아

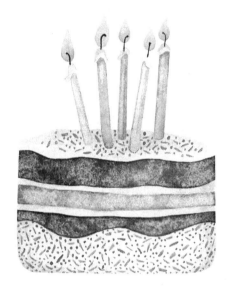

생신

엄마의 생신이었습니다
케이크에 초를 꽂았습니다
엄마께서 질문하셨습니다
'초를 왜 이렇게 꽂았냐?'
나는 웃으면서 대답했습니다
'엄마, 엄마는 늘 엄마가
19살 소녀라고 하셨습니다.'

북쪽 나라

흰색 땅 이곳 북쪽 나라는
내 마음 훔친 도둑이 여러 여러 명
얌전한 미소년 민이는 첫사랑에 성공했고요
골목대장 순이는 엄마가 되었습니다
고집쟁이 박 할머니도 안녕하시고
눈밭 뛰며 핥기를 좋아하는 삽살개 나리
살금살금 걷는 검은 고양이 까망이까지도
모두 어제와 같이 늘 있습니다
그대 춥고 배고파 따끈한 국물 생각 나시거든
언제든 이곳에 쉬러 오셔요

이불

창밖을 보니 세상은 조금 변했습니다

흰색 나라에서 오신 손님이 두고 간

세상을 덮은 이불입니다

애들과 강아지들이 그 위에서 뛰놀고

어른들은 그걸 보며 소리쳐도 속으론 웃고 맙니다

이제 곧 우리 밭에도 새파란 보리 싹이 올라올

시간입니다

흐르는 빛

우리나라 강 바다의 흐르는 빛은
가을 농부 웃음소리가 들어가 살죠

우리나라 강 바다의 흐르는 빛은
만선으로 돌아오는 어부의 콧노래도 살고 있고요

우리나라 강 바다의 흐르는 빛은
땀 흘린 노동자들이 밥 먹는 포장마차 옆
아이들이 고기 잡는 살아 있는 음악도 같이 흐르고

우리나라 강 바다의 흐르는 빛은
내가 꾸다 만 꿈의 주인공의 웃음도 살고 있어요

그래도 좋아

그래도 좋아

빵

주님을 만나 뵙고 싶을 때마다
잘 구운 빵을 자르고 잘라
여러 개의 빵으로 만듭니다

그래도 좋아

춤

춤추는 광대들
춤추는 농민들
풀리지 않는 한도
흔하디 흔한 서러움도
모두 모두 다
춤추고 있다
못 춰도 괜찮지
잘 춰도 상관없지
내일이야 어떻든
오늘은 이러하리

그래도 좋아

그래도 좋아

첫 꽃

해님이 막 일어나 세수하기 전쯤
흑갈색 두 거울을 열어 봅니다
하늘나라 쌀밥 알이 날아내린
겨울을 막 졸업하려는 이때
나무들은 갈색 팔 쭉 펼쳐
새해 첫 번째 꽃을 피고 또 피웠습니다

그래도 좋아

숙제

오늘 숙제, 슬퍼하거나 괴로워하지 말기

그래도 좋아

대화

염라대왕께 저승사자가 여쭈었다
의인은 천국과 지옥 중 어디로 갑니까?
의인은 지옥으로 간다
어째서 그렇습니까?
지옥에는 도움이 필요한 사람이 많다

그래도 좋아

욕

주님을 욕하는 사람이 싫어
천사 한 명이 땅에 내려와
욕먹고 사는 날이 꽤 오래돼
주님께서 천사에게 말씀하시길
'이제 오너라. 심심해 죽겠구나.'

엄마

집에 오던 어느 날 밤

내가 처음 반말한 사람인

엄마 생각이 났죠

어머니라 부른 적 한 번도 없고

앞으로도 그럴 겁니다만

집에 와 엄마 기일인 것을

딸과 아들과 아내에게 말 안 하고

혼자 방에 들어가 문 닫고 창문 열고

먼 하늘만 보고 또 보았습니다

한참 그러고 있었습니다

유흥가

빨간 네온사인 간판 밑

담배꽁초로 뒤덮인 거리

굴러다니는 맥주병 옆

노란색 토사물 옆

맥주에 취한 남자 옆

오줌 싸며 자는 여자 한 사람

일요일 아침 파란 하늘 아래

높이 높이 쌓인 쓰레기 산 위

다리 저는 새끼 길고양이 하나 한 마리

겨울의 한곳

하늘이 무거워지더니
구름을 걷고 싶다는 기도가
오늘에서야 이루어집니다
땅 위도 그렇고
하늘 아래도 그렇고
지금 여기 이곳은
여섯 마리 흰 강아지들과
나잇값 못해 좋은 남자의
한 세상입니다
사진 찍을까요
동영상을 남길까요
아무래도 지금은 그냥
우리끼리 참 좋습니다

마당

노란 병아리들은 삐악삐악
다 큰 어미 닭은 꼬꼬댁 꼬꼬
배고픈 길고양이가 살금살금
주인 아낙의 호통에는 후다닥

사립문 밖에서 우는 길고양이
배가 부른 그 모습을 본 아낙
부엌에 들어가 북어 대가리를 꺼내
길고양이에게 주며 쓰다듬네

노란 병아리들은 삐악삐악
다 큰 어미 닭은 꼬꼬댁 꼬고
주인 아낙의 품에 안겨서
길게 하품하는 배가 부른 집고양이

그래도 좋아

모범적 살인자

사람을 죽여야 사는 사람이
살길은 자신을 죽이는 것뿐
그는 과로로 쓰러지면서도
집에 있을 바보들에게는
'사랑해'를 잊지 않았다네

그래도 좋아

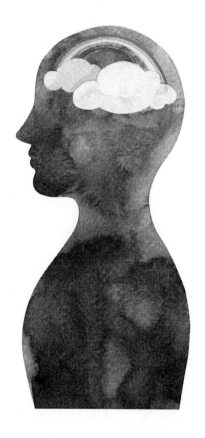

꿈 2

아프다면 그것은 분명한 머리

그는 큰 꿈을 꾸었다고 했다

두려움에 빠진 우리는 그를 구타했다

그는 울다가 울다가 기절했다

119 구급차에 실려 병원에 갔다

진찰 결과 사춘기가 아니었다

깨어난 그는 우리의 축하를 받았다

그도 이제 점잖은 어른이 된 것이다

그래도 좋아

외출 2

비 내리는 겨울밤에 나갔습니다
우산 대신 우비 입고 나갔습니다
추워 떠는 길고양이 말 없는 행인
포장마차 구석에서 술 먹는 남자
걷다가 걷다가 지쳐 집에 가는데
포장마차 가운데서 싸우는 남자들
자살하는 행인 죽어 가는 길고양이
모두 다 뒤로하고 조용히 조용히 왔습니다

그래도 좋아

첫사랑은 거울 속에

첫사랑에게 돌을 던져라
박수를 받고 받아
외로움을 울린 사람은
미간을 깊게 할 뿐

화풀이

사람들은 돈에게 뺨 맞고
세상에게 화풀이한다
누구나 다 피해자
괴로움이 쌓여 죄가 되고
모든 죄에는 타당한 이유가 있으나
남들 보기에 멍청한 것일 뿐이다